みずうみ

SAEKI Yuuko
佐伯裕子

北冬舎

みずうみ＊目次

一

二

装丁＝大原信泉

みずうみ

一

谷折り

大空に跳びはねるような花咲けり美しい日の秋に目覚めぬ

谷折りに紙を合わせて秋の日の手紙は死者へまっすぐに行く

どのような文字にも書けぬ空気であるかさかさに涙乾きてゆくは

また秋が、来たね、と妹に言いかけて歳月は唇に襤褸のようだ

秋の鋏　光る二枚の刃を重ねいくたびも合わせ切り離したり

もう一度帰りたき日のひと日にて葡萄の房のなかの陽光

首筋にただひと吹きに霧ながれ歳月はながれ秋の腐蝕画

黄金にほどけてひらく太き樹に街中の鳥が集まりている

ひきこもる小さな窓を芯にして放射状に散る花もあるべし

裾長き外套の前を開けて立つ早春の父をわれは呼びたり

生命

悲しければ「宇宙光線」と唱えてよひきこもる子に言いし日のあり

五万トンの水槽を地下に光らせてスーパーカミオカンデの孤独

水槽は地下１０００Ｍに静かなりヒト死に絶えし日々のようなり

踊る女うたう女が星になり生命の合図をふと送りくる

何ものかの放つ粒子を浴びている幾千の窓は涙のみずうみ

2002年ひりひり震える人の子をまた産みたしと子宮のかけら

二十一世紀は国益のために結ばれよ産めよ優しき朝刊の告ぐ

みずうみ

ろうの木はどきりと赤し戦わず怒らず泣かぬ国のしたたり

荒波の淋しい浜に消えたのはわたしの国の大事な少女

ひとりでに消えたのではないこの国の少女を染める無数の夕焼け

荒海やアルミホイルにこびりつく米粒がとても大切に見ゆ

ひといきにアルミホイルを丸めたる響きに近し銀漢のこえ

光が眼にあふれる午後の暗号は雲のなだりに尾を曳くばかり

息を吸い息を吐くさえ哀しくて夜空に流れる乱数放送

乱数の信号のよう　父はもう死んでいるのに鳥にもなれず

夜空まで自動販売機の並びたる壁沿いを行く夜空まで行く

債務とて即刻支払え支払えとミニバスが来るほほ笑みながら

嘘をつき嘘をつきては貧しさが嘘をつかせる、ほんとうにそうか

運命は共同のものバスに乗るわたしたちは弾力のある虫だ

ピアノ弾きのように言葉を返済すちらちらちらちらと耳に寂しく

ぼろ船の過ぎれば浜は隈もなく月明かりせり向こうの国まで

帰国者のメガネの奥のみずうみを窓とし明日を覗かんとする

無のわらべ唄

無念無情無辜無垢無窮おおははは薄きほほえみ遺して逝きぬ

明日来ると信じて歌うわらべ唄七つななくさ絵空の食よ

わらべ唄はきんきろきんと四万羽雀小雀群れて死なせる

欲しいから「猫を紙袋にへしこんで」へしこんでまたへしこんで泣く

恐ろしきまでにやさしく語られる無念、皇后の喉は真紅に

放念にあらぬ無念の深さならん黄砂の街がおぼろにしずむ

表情の無き半島の彼方からけじめもなしに黄砂は降りて

少女ひとり隠されし静かな共同体社会の戸口にピザ届けらる

甘く淡きおぼろの豆腐を思わせてわたしたちこの浜に咲きおり

どのような呼吸で歌えば還るのか十代に見たキリストの顔

「主のみもとへ」歩みゆくらし五月山教会を三度めぐりて消えぬ

薄寒い憎悪が素手もて創りだすプルトニウムよ貧しい神よ

春の肋

体内は油脂まみれの戦場とて春に肋の骨を折りたり

おのずから肋は折れるものならん春のからだの夢の夢図夢図

もはやどのアダムの肋とも知れぬまで風の吹雪ける胸とはなりぬ

白萩の花のつぶつぶ仁丹の苦きつぶつぶポケットに触る

眼鏡の玉を拭いて見ている街のみな顔半分を陽に喪いぬ

首都高に隠されている夕照の墳墓の量を思いていたり

金色の眼をあけたまま死ににけり父の死因はノスタルジアなり

桃の日のあられのような島なれば速やかならん潰滅というも

防衛の甘さをわわしく責める声みんなで蜂蜜にしてきた国に

「同盟国」のテロップ流れ春ならん人が静かな馬のようなり

わわと散るトロイの木馬の笑い文字この字は遠き火事の匂いす

居間

菜の花がひらいて鼻梁の白く見え青く見え母の昔語りは

去年の金魚潜みいるらし穏やかな微笑みかわす居間のあたりに

そんな笑いに騙されるのはいやだから窓辺に忿る護謨製ゴジラ

お茶筒に何か幸せが住むらしくしきりに振りて音を確かむ

森の智者くらやみの眼の梟を高く吊るしぬ幸いのため

メッセージビデオを遺し死ぬなども廃棄ビデオの山なす中に

旗また旗のつづく市街のいくたびも思われて白いタオルをたたむ

ミントもて消臭さるる鼻先に濃く匂うらし母親われは

フロイト式にいえばこのごろ夢の蛇流れのなかに失せてゆきけり

斜めにすぱっと切り放したる茎のなか水はひといきに花穂へ走れり

何かまだ

花びらはみな柔らかき死をたまう山百合の上に山百合の花

薬でも死なない菌の生れ育ち群がりあえる森に大河に

毛虫這う昼下りなりひっそりと黒き椿の木は食われゆく

わたくしを流れる遠き川あれば突き上げて来よ森のうぶ声

身央《みもなか》に川を流すというだけのそれだけのことに生かされている

何かまだ産みたしと思うまだ何か呑みたいというような　遥けさ

満月のような薬罐を冷やしたる厨のほかは何も見えざり

水なのに水になろうとする母を笑いていたり水の娘が

誰が産んだのねえ誰が産んだというのよ生き過ぎて母

子とふたりソファーの上に膨らみて音なくこぼすポテトチップス

天上へ雲雀するどく揚がれるをどんよりふたり老いるのはいやだ

ねばねばとしたたるひかり古代蓮の茎切りたれば千年の水

古代にも見たるとはいえ水面に九つの花のひらくあけぼの

曇り空とろりと垂るるまなかいのかかる重さのなかに住みあう

さくら

吉野の山まして上野の山の上まこと死体に降り積むさくら

てんでんに婆羅婆羅に宙に動きだす桜大樹の花のかたまり

しかたなく百年白き花を噴きこんな姿になって立っている

枝を離れ死のうとしている花びらを時はしきりに零していたる

木の上に眠りつづける寝太郎を産んだのはたぶん寂しい娘だ

洞抱く樹を抱きしめるわたくしのちょうど真ん中　さくらふぶけり

クローンとて染井吉野の埋めつくす街なり冷えた花にまみれる

立てかけて触れたる空の腐るまで長き梯子の置かれていたり

天の磁気五体に受けてぼうぼうと草の騒げる野に立ちており

卑怯だと自分の心を分析しそしてどうなるものとも知らず

ひかりさす馬坂牛坂羊坂クローンのいない坂廻りゆく

そこはただカーテンが揺れていたるのみ昨日のさくら床に流れて

羊になる鯨になる　雲のへり触れあうごとに春は滲めり

いもうと

まなかいの妹に砂丘の感じあり微笑むときにふいに零るる

チャップリンの帽子のような本屋にて叱られている店員はいもうと

ＢＯＯＫＯＦＦの店員はつね小走りに　そう、泣きながら走るいもうと妹は声ふくらませ客に言う「いらっしゃいまし、いらっしゃいまし」

顎に押さえミステリー十冊を運ぶ午後どの殺人の血か雫して

姉さんが助けてあげるそう言って木株の菓子を切りわけている

取りわけて木株の菓子を載せている皿はたしかに丸々として

思ってもみない日がつづき妹は思ってみることを止めたり

その影のうすくなりゆくいもうとの眠りのうえの月と菜畑

かくばかり姉なる位置の身をずらし身をずらしきてかすれてゆけり

丘に建つ家もことさら気を病めば空にひろがる桐の木の枝

銀行にグラスフィッシュの透きとおり今日もまた悲は垂直に来る

負債などばらまいてやるキリストも仏陀も桜も夢と思えば

カンカラに胡麻煎餅の二、三枚残されていて母は留守なり

日溜まりに膨らみだした布団より抜けゆく母のほわほわの羽根

二

エウナテの堂

行路病死したる者たちの声ひびくエウナテの黒き堂の入り口

大空のもとに久しく在り経りて教会は鳥の母のようなり

いっせいに飛び立つ鳥の羽の影残りて向かいの壁も古びぬ

明治期にキリスト者たりし岡田謹吾わたしの祖母を育てし謹吾

持てるもの全てを天に注ぎこみし岡田謹吾はキリスト者なり

家隈に没落士族のたましいの永らえおりて解けるキャベツ

いくたびも練習したる死に際の見事さというを浜辺に読みき

この夏も生きよとマンションに塗られたる象牙の色の浅きペンキよ

死に変わり生まれ変わりてただ泳ぐ累々として魚はさかな

夏宇宙の泡の泡なる幼子が吐きいだすなり黄の変わり玉

大いなるパラソルの下に金色の薬罐は置かれておりぬ寂しも

黒薔薇の日傘たのしく回しゆく母とわたしと初夏の空

最期までともに歩むは限られた数にてあらん君と君と夢

走りゆく雲に向かいて高々とホースの水に悲哀散らしぬ

噴き上がるホースの水の塊りが瞬時におおう夏の星空

線にあらず光にあらぬ七月の竹藪ひとつ太りつづける

ニポポ

野を走るレールの継ぎ目　生きがたき気配を産みてやがて遠のく

マジシャンの母なれば夕べ列車ごと消滅せんと鞄をひらく

鞄にはペローー冊　羽のように舞い立つ文字を集めて来たり

忘れしは無きことにあらず瞑りてもそこに大樹の横たわりおり

嗚咽するいもうとの声のどこまでも従きくる耳という袋あり

あたたかきニポポは樹の子ぞ道連れに引きて歩めり鞄の中に

風はいつしか声となりたりポポニポポ涙のような萩がこぼれる

亀のような鞄を旅に曳きゆけば従きくる音にも脅かされぬ

口笛に吹きおろさるる神様をフェルトの帽子にとまらせてゆく

空

みんみんの途切れて雲はやわらかにその塊りをほぐしゆきけり

横雲のふとも消えたり生まれたる絹雲失せるはさらに速しも

絹雲をゆったりと詰めエレベーター閉じてしまえり48階

階高き料理苑にてひそかなるものの飛べるに遇うは悲しき

かすかにも蝿の飛ぶおと冬を越え夏越えてなお蝿のままなり

なにか鋭く割れたる音のひびかいて港は秋の明るさのなか

昇りゆく大観覧車ひとつずつ港の空は箱に詰まりて

諦めて二人の午後のテーブルに麦秋の黄の冴えかえりつつ

銀河通い

惜しみなく生きんと願う胸にこぼれアミノ酸の粉の白き氾濫

あからひく胃の噴門のあたりにて騒がしきかも聖母の酒は

ナルチスとゴルトムントの物語ちりめんじゃこを粥に混ぜつつ

ヒステリーを弊私的里と書く日本の私の里を行く道化者

眼の縁の赤らみくればそれはそれ弊私的里とまた子が言いそうな

ただ一つ丘に建ちたる教会へアルミの罐と鴉連れゆく

おのずから楽しく歩む川べりに連れ立つ野菜は玉葱がよし

またしても競り上がりくる満月は黄金色の薬罐ではないか

愛執の罪

傷深き学習机のうえに咲く真椿すさまじき冬の一輪

月光に雪のようなる縁側を過ぎりしはアームストロング船長

手を引けば愛執の罪が義に変わるその境界の菜の花畑

疑いは夜半へひっそり移りゆきシンクに沈む冬陽のトマト

バスの窓なかばひらかれ哀しみが春の粉雪を撒きちらしたり

噂話の視線に灼かるる子の窓が街の小さな黒点となる

いかばかり悲しくあらんあなたの子は病み果つというにまた春の来ぬ

落ち鳥

六月の細き葉群に覆われて白粥を煮る家のせつなさ

思いもよらぬところに柔き絹豆腐とうふは揺れるうたたねの国

ドラキュラの牙の渇きに死すという光栄も失せ術なく居りぬ

地上わずか数十メートルの気層の幅　浅く息する鳥とわれらと

星条旗はためく皿に盛りあがるフライドチキン　わたしは食べない

化膿したアメリカの夢をわが夢と見ており千の夜きらめきぬ

パラシュート降下をしたる兵の夜の瞬時に老いし顔というもの

声に呼べば崩れんとする山河を入れて封筒の嵩かぎりなし

道に転がる光の粒をほしいまま踏みしめゆけり父の墓まで

それがまだ木であった日の電柱の根元に小さな落ち鳥のいて

だんだらの縞にころがるニワトリの夜半見れば花咲く森のようにも

リビング

採光のよい室内に風と居るジャーナリストの死を聞きながら

層厚き雲の脂肪にくるまれるまだ戦争が来ないリビング

あの人もこの人も頭に円光を浮かばせている静かな国に

擦れ違う鳥とておらぬリビングに余りて開く向日葵の花

壜にさす向日葵を芯に動きおり入り来る樹影は今日の悲しみ

身めぐりの数メートルもわが身体ひえびえ尖る言葉刺されば

ＯＦＦとＯＮこころもとなく触れている発火に思わぬ遅速のありて

より遠く人より薄く飛ぶ電波ほのかに少女の耳に霧らえり

ゆうぐれの薄闇に浮く口の見えぷかりと丸き煙を吐きぬ

ひとすじの鋭き夢の声ならで何が裂けしか率然と醒む

「風ならで誰が泣くのか」何もなき空を仰いでしばし目つむる

たった一人のいもうとが細く泣く家に水藻となりし声のまつわり

うっすらと吸いて吐きだす息のみの受話器のめぐり声のさまよう

道幅を白い夏陽に覆われて坂がすっぱり断ち切れている

西日長き夏のけうとさ揺らぎいるお化け椿の藪の奥より

おのずから回りはじめる地球儀の世界が溶けて気味悪くなる

言葉　長歌２００４年夏

一

いまここに　やっと生まれた　数人の　みどりご囲み　黄金の　金魚見るごと
町中に　ピンクの提灯　吊されて　震えつつ呼ぶ　甘声の　声の遥けさ　高

層の　ビルの根元の　盆の宵　覚めよ目覚めよ　鳥が啼く　東の国に　「大東
京　音頭」ひびかい　鳥が啼く　東の国は　いまここに　滅びんとして　哄笑
す　トーキョートーキョー　大トーキョー　空谷の底の　向かいなる　コンビ
ニよりか　透谷の　声もざんざん　混ざりきて　言葉は空の　空の空　虚空を
打ちて　星にまで　達せんとばかり　人生に　相渉らずに　告げる愛　液体ビ
ルの　根の元で　誰も踊らぬ　盆踊り　覚めよ目覚めよ　広場には　アボガド
バナナ　スムージー　溶けて流れて　みどりごの　挽き肉色の　ちょうちんに

一つ一つの　霊魂が　透きとおりつつ　霊魂は　烏賊となりつつ　わたしたち　繫がってゆく　紙袋　鍋釜箸を　詰め込んで　そして生まれた　みどりごと　わけのわからぬ　彼方へと　わたしたちみんな　繫がってゆく

反歌

あおあおと高層ビルの峡谷をひらいてゆけり胡瓜の仔馬

二

花蜂が　父の帽子に　まつわれる　羽音かすかな　思い出は　流れるでなく
散るでなく　帽子の底に　溜まりいて　(どうかそのまま)　七月の　浦安の
海に　ひそやかに　ミッキーマウスを　呼び出して　パナマの帽子に　貼りつ
いた　明るいあの日の　思い出を　波音かすかな　ディズニーの　海に鼠を

呼び出して　口をつくして　空の空　空を穿ちて　星にまで　達せんものを
言葉など　流れるでなく　散るでなく　夏の真昼の　陽光を　揺さぶる海に
浮きおれば　わたしの国の　海岸で　「さらわれたのは　言葉です」　迷いま
よいて　行きゆけば　水浸く告白　行きゆけば　草むす愛語　歳老いし　汚れ
た鼠の　大いなる　耳が起こして　ゆく風に　布目の荒い　袋もち　「拉致さ
れたのは　言葉です」　あんな明るい　日の午後に　浜昼顔は　流されぬ　山
辺の祖の　墓も流れぬ

反歌

花蜂が朝な夕なに翔ぶという遠く草むす愛語のうえに

パナマ帽子

ねむたさの畳の上に転がればおーしんつくが降りてくる午後

本と本の間に坐るしばらくをアイヌの詩篇となりて黙しぬ

キキリパスニイタイクンネ、湧く虫の森のようなり父の仇名は

浦安の夕日の海に飛び出してミッキー・マウスが何か叫びぬ

まだ若く力ある眼に映されて切ないだろう浜辺のヒトデ

もういちど人間を好きになれるかな足長蜂の巣に陽が溜まる

歳月の淋しさを言いほおと開く口腔のなか海ほたるいて

みずからを離れて外界に触れるときアネモネ色の眼鏡やさしも

霊魂のペーストというを思いおりわたくしはまだ生きているから

エプロンのポケットの底　朝顔の黒き種子あり頭痛薬あり

朝顔の種子のつぶつぶ幾春も幾秋も小さな戦争が来て

思い出はそこに終わりぬ放られて草になりたるパナマの帽子

ラヴミーテンダー

パープルのうがい薬にころころと一生を過ぎる喉の底鳴り

満つるもの退きゆくものの笑い声「ラヴミーテンダー」耳に谺す

黄のカンナざざっと袋に詰めこんでエルヴィスの生きた夏を数える

「好き」という暖湿気流にずぶ濡れのことば海草のように膨らむ

その声が支えでありしその指が力でありしバオバブの鉢

細胞に今朝も一つの死は来たりわれを縁どる淡き猫じゃらし

狂おしく塩豆つまむ私が鳩でないとはとても言いえぬ

半透明の袋に詰めている今日の残りのアユと草と紙屑

萱の葉の丈より低くしゃがみこみ刈萱の草の髪なびく秋

三

室内

どうして、あのようにまるまるまるとした女性が、降りしきる花びらと同じような軽さで宙に浮かんでいるのだろう。太い腕と広く張った腰回り、いかにも重そうな体型をしている。それなのに、気球ででもあるかのように、その人は宙に浮かんでいる。室内に、窓辺に、あるいは街の上に……。

東京駅のステーションギャラリーで開催された「有元利夫展　花降る時の彼方に」で出会った絵のなかの女性たちは、ギャラリーの煉瓦の壁をすり抜けて、みんな、どこか、空に浮かんでいるように見えた。たぶん、どの女性も、そのスカートの内側は空っぽなのだろう。古い、ところどころ崩れている煉瓦の壁から、女性たちは、真冬の、夕暮れの早い街に抜け出ようとしていた。もし深夜、こっそりギャラリーに忍び込んで一面の絵を観るなら、そこにあるのは乾いた背景だけにちがいない。

永遠に空中に浮かびつづける女性たち。永遠に地面に着かないスカート。降っても降っても降りつづけても、底という物悲しい地がなければ、それは永久に時が止まっていることに等しい。

稀薄な空間を果てしなく降りつづける肉体、花びら、肉体、花びら。想像しているうちに、わたしはもう死んでしまったもののように、軽やかな風に吹かれていた。

散る花がいつまでも地に届かない兄おとうとの仰ぐ夜空は

風また風　花また花　奈落すらなかりし春を降ってゆきけり

父がしきりに払いていたる手のひらの花のようなる金色の蠅

夢だろう父臥す部屋にわれはいて目覚めてもまた目覚めてもいる

ずいぶん歳をとってしまった小さな顔の女性が、ギャラリーの廊下の椅子に坐っていた。

わたしが来た時から彼女はそこにいて、ずっとそこに坐っていて、顔を上げると、それは、わたしの母のものであったり、祖母のものであったり、妹のそれだったりするのだが、わたしは我慢して何回もかたわらを通り過ぎた。

「室内」というとても大きな絵の前に立ち、白い布を広げている少女の凍りついた表情を見つめた。誰もいない室内で、春を支度するために布を永遠に広げつづける一人の存在が、凛々しくあった。手品めいた仕草をしている人物は、いつもひとり。

けっして人と関係性を結ぼうとしないキャンバスから静謐な賑わいが立ちのぼって

くると、もう春なのであろうか。がらんとした部屋の宙に何個も浮かんでいる、永久に床に着かない小さな球が寂しかった。

家族のいる室内と家族のいない室内と、どちらにしても、室内は悲しい場所だ。人と人とが必ず関わらなければならない場所、関わりがなくなれば、そこは思い出たちが浮遊し始める寂しい舞台となる。

目が覚めて、その室内に立ちつづけて、また来る春のために布を広げているのは誰だろう。

きっと、あの少女は、わたしの祖母になったり、母になったり、妹になったりして、これからずっとわたしを苦しめに来るにちがいない。

室内は寂しい帽子と思うとき鳩飛ばすように子を出してみよ
落下傘のように広がるスカートに子を匿《かく》まいて毬を隠して
一枚の布を広げて春を待つひたすらにただ崩れ去るまで
母でなくましてて祖母でもなき虹のささめき残る室内に立つ

風景はひと目見るだけでいい。ひと目見たあとに、牛みたいにゆっくり思い返す。景色も絵もすべて、「ひと目」が好きだ。いくたびも思い返したあとでは、彼らはもうほんとうの彼らではなくなっている。どこかが歪んでいたり、膨らんでいたり、美しく変容していたり、あるいは醜くなっていたりする。だが、それはそれでいい。

2003年1月11日、真冬の夕暮れにひと目見た有元利夫の絵は、まるごと宙に浮きあがり、寂しい気球となって、やがて何枚も、何枚も、歪んで、思い返されてくるのだろう。

それはちょうど、よそ目にはもう壊れてしまっていると見える家族が、室内に入ってみると、かすかな喜びや悲しみのなかに震えるように寄り添って暮らしていたりする光景に似ている。無遠慮に分け入ってしまった唇が、彼らの弱々しく張りつめた皮膚にうっすらと小さな瑕を残し、ひらひらひらひらひら、室内に漂っている。わたしの歪んだ唇たち……。

「お母さん、わたしが残してきたあなたと妹に、まるまると膨らんだわたしのこの身体は、いつまでも、いつまでも届かないのです。お母さん、ひと目見ただけの風景たちをいくたびも思い返していたら、もうこの足は、どこにも届かなくなって、わたしは永遠に降りつづけるばかりです。」

もう壊れているかと見えて早春を哀しむ力をもちおり　家族

ひんやりと樹から離れる一瞬のごく静かなる死の音を思う

「りんごの花の蜂蜜」とろりパンに塗りくちびるは春の嘘にまみれる

老い母の大泣きしているそのからだ布に包めば桜降る家

動詞

子供のころ、雑種の犬を飼っていたが、ある冬の朝、小屋のなかで冷たくなっていた。わたしは急に動かなくなったものの姿を見て、衝撃を受けた。なかば開いた口から、薄桃色の舌が覗いていた。動いていたものが、突然、その動きを止めた。わたしは不安にさいなまれた。

歩く、鳴く、食べる、坐る……。

存在していることは、動詞の世界にあることであった。

有史以来、たくさんの動かなくなったものたちも抱えて、地球は自転をしつづけてきたのである。
自由に動きまわるということほど、美しいものはない。

おのずから廻る地球に棲みあいて今日冬沼に眠る翼よ

江の島に猫集まれば金色の眼のなかにわれの子の眼ひかりぬ

百年ののちまで生きていてごらん夜店に掬いし緑亀の子

ただ生きしことの最終弁論をくちびる深く用意している

燃えるごみプラスチックのごみを吸い一人ひとりの生きゆく刑期

硝薬の匂いにともに満ちながらスープを掬う母と子の昼

皿にとろりと百合の花芽のクリーム煮ほろびるという声にも倦みて

窓の雫ゆびに拭えるときのまの億光年に枯野を見たり

なんとなく夜昼なしに回りたる青き傘あり書きてとどめん

頭髪から弾力のある滴りがしきりに零れこぼれ落ちくる

撤去されし電話ボックスの一つにて放ちたるわが言葉ただよう

一五一年目の桜

白い、新しい風は、いつも横浜から吹いてきた。

「外国」に触れたくなると、気軽に電車に乗り、桜木町から横浜港まで歩いた。それが子供のころからの習慣だった。

「日米和親条約」締結から一五一年目のこの春、往時、進駐軍の米兵でにぎわった東横線の桜木町駅も廃止され、港周辺は超高層ビル群に変貌した。西欧への憧れと反感が凝縮している港を井伊直弼《いいなおすけ》とともに見下ろしながら、2004年の桜をゆかせた。

桜ふる日傘のうちのほの青さ死んでもいいとは思わざらねど

山桜うすうすうすく寂しくて掃部山《かもんやま》には直弼が立つ

憂鬱が背広をはおり集いいる山の大きな桜のほとり

花を呼ぶ人声ひびきつぎつぎに暗き響《とよ》みの生まれてゆけり

元寇《げんこう》とペリーと進駐軍のあとランドマークタワーぬっと現わる

われの身体のうえに停泊せしままに灯ともす四隻のアメリカ艦隊

一五一年目とて来てみれば不思議に桜の渦巻くばかり
見上げてはぼおっとひらく口腔から心がながれこころが流れる
ほの白い光線として花びらが午後の会話の淵に寄せくる

ランドマークタワーの瞳とて光る掃部守《かもんのかみ》井伊直弼の霊

港湾を見下ろしている銅像の烏帽子にとまる雲もあるらん

掃部山こぞりて花の咲きみてよ災厄はいつもいつも海彼から

音のない凝視の痛さ銅像と桜はみなとヨコハマに向く

もてなして押しつけられし日米の和親条約が注連縄のよう

たくさんの死のくちびるに降りかかり「よいお日和ね」この山ざくら

さくら花散り漂いて山窪に沈みゆく間の午後をしばらく

やまざくらしずかに映す大空をひといきに吸い吸いて吐き出す

飛びかわす小さな鳥よ胃袋に桜の蘂《しべ》は溶けているらん

紙袋に花蜂を入れ口閉じてぶんぶんぶんぶんぶん涙をこぼす

卵のような葉の重なりに震え咲く山々の花　山が流れる

茜さす、とはいえ暗き烏羽玉の開国の日にも咲いておりしよ

この春も桜の花を浴びている掃部守は半眼のまま
そしてなおアメリカを友とするこころ古びた椅子に似つつ軋めり
すべてが淡い光線のなかアメリカの船を見たのはいつの世のこと

生まれようとして漂える花の間に耳を立てをり長き歳月

くさぐさの長き短き裁判の一つにて祖父が裁かれし廷

四

神園

入籍の紙を畳みてさりげなく次男はデニーズの席を立ちたり

マチスにも革命家にもならぬまま席をあとにす真夏の鷽《うそ》が

満月を煮詰めたようなサフランの婚の祝いのご飯に染まる

喪のメールひらく長男のあまやかなアラビア糊のような夏闇

われのうしろに静かに立ちているばかり鼻梁がいいと子は言われつつ

青空の下にて花のひらくさえ真直ぐに響く耳もてりけり

噴水はいくたびか丈を変えながら薔薇色の水のつぎに来る闇

そこからは神の領域ジャムパンのジャムがはみ出す母のくちびる

くりかえす閉塞は腸のみにあらずマンゴーを吸う母の水嵩

振り返るは孤独の罠と囁ける詩人をスープの沼に沈めよ

恋のように花蜂ふるえ神園の八月十五日いちどだけ泣く

歳月の渦

白地図に家路を探す鉛筆の跡くきくきと夢につづけり

歳月を紙ナプキンで擦り取り昼のくちびる拭き終わりたり

カンナ鶏頭キツネノハナに囲まれる遠きわたしの髪は緋のいろ

だんだらに渦を巻きこむ飴ん棒きみはその芯だったのだろうか

眼の中の染み揺らめきぬどこまでもロールシャッハの蝶々は蝶々

シャンパンのパンと弾ける枯野原見えなくなるまでみんな踊りぬ

月光の雫を浴びて伸びゆける無傷なる夜の小麦かぐわし

透くほどに刻めと言われ刃を入るる大玉葱の一つ霊魂

まるで時を煮詰めたような大陸の広東粥のべったりとして

森

森深く皇妃の病める首都にしてメトロネットはそよぎ伸びたり

花びらの降りて皇妃の病む森にしんと頭を垂れておりしが

ふかぶかと皇妃は病めり馬のいない祝婚の馬車の窓あかるくて

赤い瓦に降るこなゆきを想像しなにか喪いしごとく居りたり

つぎつぎに赤い瓦は剝がれゆき涙の世紀が過ぎしと思う

身のめぐり風が巻きとる輪郭のわたくしという赤き柿の実

今日は体が壜のようなり傾けて秋の真青きひかりを零す

禍福

防犯カメラに映しとられるその影はゆうらりとして寂しそうなり

白象を谷に導く電磁波につかさどられてコンビニに来ぬ

何気なき会話のしたたる日溜まりに溶け入りてゆく耳の飢餓感

携帯ごと光る少女のそれぞれに禍福のありて風に吹かるる

目を伏せよ静かに過ぎよ病むものの長き廊下を抱きておれば

あまりにも苦しむ人の多すぎて目つむりて烏賊の腸を摑みぬ

埋めたる骸に木片を立てるごとまた朝の来て渦巻くいのち

白米を研ぎつづけこし手のひらの平たき鍋に吸いこまれたり

ヌードルを食べながら読む生と死のいつ果てるとも知れぬ連環

表情のない数式を思いたり立ち上がりざまの君のかなしさ

身のうちにオレンジジジュースを湛えつつ林に憩えばしずかなり恋

ハロウィンの南瓜を灯す門にいていずれ魔物も恋も愛らし

春の家族

春陽射す椅子には誰もいない朝ただやわらかなひかりを祀る

蜜柑の皮干からびて反る卓上に果実の時間が過ぎてゆくなり

金色の西日を負いて混ぜているぱらんぱらんと卵チャーハン

雛あられぽんと放ればくれないの喉の奥まで光あふれて

雛壇に雛のいない清らかな春の家族の月夜となりぬ

妹の指を曲げしは桃の夜のＢＯＯＫＯＦＦという重き労働

バイロン卿の債務はじつに十三万磅《ポンド》と聞けば慰められる

刃の先に一つの家族を切りわけるレアステーキ肉のしたたり

水たまり

つかのまの単身赴任に閉じる部屋ビスケットの粉こぼれていたり

新しく舞い立つ埃は降りしきり冬の埃のうえに鎮まる

ダンボールの箱に帽子を載せるから荷物が家まで辿りつかない

夫の本わたくしの本かげろうに遠く巻かれる家移りの日よ

歌の本と政治の本の闘いは桃の木そよぐ窓におよべり

一人でも二人で居ても室内を吹きとおりゆく風の恋しさ

なんだろうこの水たまり夕焼けがしみこむ彼岸の入口なのか

むらさきの春の深部に捨てて来しある夜の二十日鼠思いぬ

白薔薇の蕾のような母鼠あまるほど子を産みて食べにし

二十日鼠のいない胸なり川原からぬるき空気の昇りて来たる

王家の谷の柩はどこか採れたての空豆の青い莢に似ている

天動説

自立しない神経叢を抱きつつまぶしい春の街を歩めり

吐きに吐き身の透きとおる黎明は母を思いぬ父を思いぬ

この繊さこの寂しさはわたくしの父の血らしも孔雀見ている

右に5回左へ5回まわす首　天動説なら生きられそうで

はるかなる天動説の慕わしさ空の広さがただ悲しくて

起きてまた眠らんとする眼には千の縞馬跳ねてゆきたり

象たちのシュールな鼻につままれて浮かんでいると思えば愉快

生きていることたよりなくマフラーが春の粉雪吸いこみてゆく

元ダンサー元軍属の妻ふたり老いて駅前の噴水あおぐ

うしろより激しく遥かな風が来る蒙古のラッパを吹き鳴らせよと

吹かれこし新聞ふわりと木に止まり桜並木の道は気息し

春の宵　死者三人を見つめたる今日の眼にシャワー打たせつ

砂の音

とめどなき三半規管の砂の音かすかに白く花に降りつむ

失調に震えはじめる眼をかすめ過ぎりて行けり少女の時間

樹液降る夕べの来れば歳月は砂の落ちゆく音のみならず

三日寝て幾重の夢にくもりたる窓にやさしき鹿が映りぬ

木隠れに坐りこみたる一軀にてそうとうに脂ののっているらし

武蔵野を走り過ぎたる雨に濡れゆらりゆらりと双眼は春

眼を覚ますソメイヨシノの亡霊にとり囲まるる春のはじまり

晴れわたる三月彼岸の向こうまで見わたす大き欅が立てり

事件にはならぬ悪意が中庭の欅のもとに屈みいるらし

母は脚にわたくしは腕　涅槃へと誘う点滴の蜜のまぶしさ

安定剤にたよる心のありどさえ透きゆくばかり葉脈のもと

白鷺と家鴨ばかりの池の面にどこにもいない鳥を探しぬ

濠端に浮かぶスワンの憂鬱を見下ろしながら人と訣れぬ

みんな静かに抱きしめていよう公園で樹になった子ども鳥になる子ども

夕日

菜の花の青みゆきたり深ければ森を思いて眼をつむりおり

グローバルマネー制する青年の五月まひるま真空に立つ

こんなにも空無でいいかネット上の言葉はいよいよ軽くなりつつ

この街でよく見る父と息子おり互《かた》みに十年少しずつ老ゆ

ビニールの傘をまわして振りはらう菜の花の道に雫ははしゃぐ

錠剤を口に放ればもうすぐだ菩提樹の花が匂いはじめる

蹴りあげた夕日もいつか落ちてくる一日を終えて帰るほかなく

五

白道

四方より夏風を入れ夢に住めば六十年はあまりに速し

気の遠くなるまで秘めて言わざりし言葉あり胸に白道のあり

泣きながら二河白道の向こうまで水晶玉と行く殉難者

杜に聴く父の濁声こわれそうな神経叢ににじみきたりぬ

聴きとめる杜の言葉のぬくもりのいきなり悲し声になるとき

ふたたびもみたびも夜明けに処刑せよひらたくぬるきテレビの声よ

国益という名のもとにいくたびもこころゆくまでことばよころべ

いつまでも消えない虹の下で待つ名誉回復の日の微毒光

バロック式古城を復元するように長き戦後を繰り返し言う

紫陽花の正しい花の咲かせかた言葉にするとなにかが違う

洗われている髪の毛のうしろからしだいしだいに淡くなる国

大きみずうみ

ひとたびを生き始めたら終わるまで必ず生きると父の言いたり

念仏を噴きあげている夏の日の半ばひらいた唇紅し

歳月は身体のうちに滞り繊くて赤い崖にそよぐ根

戦争の始めも終わりも知らざりき知らざることを救いとなしき

ある時点で見えがたくなる戦争の善悪はいい萩が散るから

神に頼むこころに君に伝えたし思いを残すあのものの声

六十年は悲詩になるらん蝶のように震える君の殲《せん》の言葉に

一国には一国の悲史わたくしにわたしの史ありディアーナに告ぐ

神の貌を磨ぎだしている明け方の夢に青葉のそよぎていたり

青い星ピンクの星の金米糖こぼれ落ちたり慰霊の庭に

金米糖ひとつぶ口に溶けるまに英霊たちの夕ぐれは来ぬ

ブナ欅エルムの枝を映しては放電をせり大き鏡が

みずがねの御神体とて見返ればただ静かなる大きみずうみ

二〇〇五年八月十五日

絶え間なき野の夏雨はうすく濁り晒されていし七つの屍

冷笑をふくみ言われる　向日葵の花首七つ地に落ちただけ

「靖國」を拝す拝さぬいずれにも時は流れて遠き雷

かなかなの声湧き立ちて六十年父祖がわたしにぶつかりてくる

希臘にはアンチゴネーのあり葬りてくれる娘を祖父は待ちつつ

今日はまた言葉がアルミ箔となり乱反射する眼をもてり

合歓の木に眠りていたる霊魂の二百余万を見たと言い合う

この夏は四方に怯えるわがこころを白く大きな雲に乗せやる

一度だけ叫んでみたし「死に人をさらに殺して何の誉れか」

十年

子の名前小さく声に呼んでみて吹き込む風のなかに一人か

受け止めてくださるどなたもおらぬ午後　空と見まがう窓まで歩む

笑うかぼちゃの目の穴のよう秋風の吹き込んでいる二階の小窓

家庭医学全書に並ぶ病名の微毒おびつつうつくしきかな

肌掛けのケット引き上げ雨空を臥して見ている眼はうすみどり

メニエール夫人のくしゃみに回り出す地球儀かすかに埃を載せて

直立するレッサーパンダのようなれど立てた立てたと喜ぶわれは

ぎっしりと頭に詰まる星のこと角砂糖を見て話しはじめる

一錠の薬が見せる黄の薔薇のこころもとなく膨らむ時間

草の穂に溺れて歩むメニエール夫人の頭上　カラスが騒ぐ

寄りゆけばつかまれそうで遠のけば遠のくほどに揺れる欅よ

震えやまぬ大きな影の芯として枝をひろげ立つものの悲しみ

向日葵の畑が今日の行き止まり薄氷のような思考のうちに

おおかたは捨ててしまいし冬帽子夏帽子みな枯草に似る

青空は日傘にふかく畳まれて十年そこに立ちておりたり

校庭にゆるく鳴りたるオルガンのファの狂いしを生きて来しかも

あとがき

大きな夏空を静かに映しとる湖面のように、ゆらゆらと映しだされる光景を、あるいは現実とも、非現実ともつかない懐かしい時空を、もう一度息づかせ、喜び、悲しみ、そこに生きなおしたいと思ってきました。けれど、時代が不穏に動くなかで、この歳月ほど、日本人である自分の危うさを感じた日々はありません。生きなおしたい、という一人の感傷だけではすまない現実をつきつけられるばかりです。

不安感がしだいに濃くなるとともに、遠い彼方を憧憬する思いも強くなるいっぽうです。いまのこの一瞬が、すでに思い出であるような時間を追い求めながら、何ものかへの郷愁を募らせていく日々がつづくのだと思います。

『みずうみ』は、さきごろ上梓した『ノスタルジア』につづく、２００２年の秋から２００６年夏までの作品を収めてあります。わたしの第六歌集になります。

『ノスタルジア』にひきつづき、応援してくれた歌の仲間、装丁の大原信泉氏、北冬舎の柳下和久氏に、心から御礼申し上げます。また、近藤芳美先生のご冥福をお祈り申し上げます。

２００７年６月25日

佐伯裕子

本書収録の作品は、２００２（平成14）秋—２００６年（平成18）夏に制作されました。本書は著者の第６歌集になります。

著者略歴

佐伯裕子

さえきゆうこ

1947年(昭和22)、東京生まれ。76年、短歌誌「未来」に入会、近藤芳美に師事。歌集に『春の旋律』(85年、ながらみ書房)、『未完の手紙』(第2回河野愛子賞、91年、ながらみ書房)、『あした、また』(94年、河出書房新社)、『寂しい門』(99年、短歌新聞社)、『佐伯裕子歌集』(現代短歌文庫29、2000年、砂子屋書房)、『ノスタルジア』(07年、北冬舎)、エッセイ集に『影たちの棲む国』(96年、北冬舎)、『斎藤史の歌』(98年、雁書館)、『家族の時間』(02年、北冬舎)、『生のうた死のうた』(06年、禅文化研究所)などがある。

みずうみ

2007年8月1日　初版印刷
2007年8月10日　初版発行

著者
佐伯裕子

発行人
柳下和久

発行所
北冬舎
〒101-0062東京都千代田区神田駿河台1-5-6-408
電話・FAX　03-3292-0350
振替口座　00130-7-74750

印刷・製本　株式会社シナノ

ISBN978-4-903792-02-6 C0092